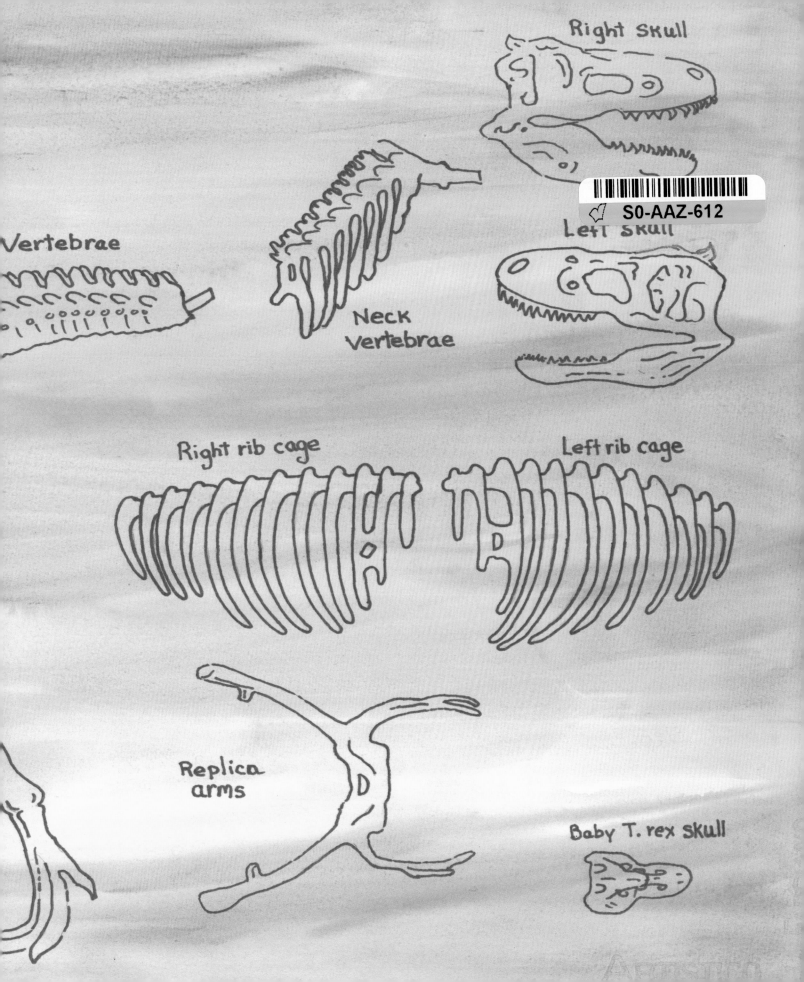

Right Skull

Left Skull

Vertebrae

Neck Vertebrae

Right rib cage

Left rib cage

Replica arms

Baby T. rex skull

Thomas El T. rex

El Viaje de un Joven Dinosaur a Los Ángeles

Thomas the T. rex
The Journey of a Young Dinosaur to Los Angeles

Edición para Pequeños Lectores ✍ Young Reader's Edition

Escrito por ✍ Written by Michael Smith

Ilustrado por ✍ Illustrated by Gayle Garner Roski

Published by

East West Discovery Press

In cooperation with

The Natural History Museum of Los Angeles County

Published by East West Discovery Press
P.O. Box 3585, Manhattan Beach, CA 90266
Phone: 310-545-3730; Fax: 310-545-3731; info@eastwestdiscovery.com
www.eastwestdiscovery.com

In cooperation with the Natural History Museum of Los Angeles County
900 Exposition Boulevard, Los Angeles, CA 90007
www.nhm.org

Written by Michael Smith
Illustrated by Gayle Garner Roski
Spanish translation by Redactores en Red
Edited by Marcie Rouman
Design and production by Jennifer Thomas and Octavio Oliva
Photography of Thomas full skeleton (p. 36) by Karen Knauer
Production management by Icy Smith

Library of Congress Cataloging-in-Publication Data

Smith, Michael, 1961-
    Thomas the T. rex : the journey of a young dinosaur to Los Angeles / written by Michael
Smith ; illustrated by Gayle Garner Roski ; [Spanish translation by Redactores en Red] =
Thomas el T. rex : el viaje de un joven dinosaurio a Los Angeles / escrito por Michael Smith
; ilustrado por Gayle Garner Roski]. -- 1st bilingual English and Spanish young reader's ed.
        p. cm.
    "In cooperation with The Natural History Museum of Los Angeles County."
    Summary: Two cousins accompany a paleontologist to Montana, where one of the most complete
Tyrannosaurus rex skeletons ever found is discovered, and is then transported to Los Angeles
for display in the newly renovated Dinosaur Hall at the Natural History Museum of Los Angeles
County. Based on a true story, includes photographs of the excavation and fossil recovery.
    ISBN 978-0-9832278-2-3 (hardcover : alk. paper) [1. Tyrannosaurus rex--Fiction. 2.
Dinosaurs--Fiction. 3. Paleontology--Fiction. 4. Cousins--Fiction. 5. Montana--Fiction. 6.
Spanish language materials--Bilingual.] I. Roski, Gayle Garner, ill. II. Redactores en Red.
III. Natural History Museum of Los Angeles County. IV. Title.
    PZ73.S629 2011
    [E]--dc23
                                                                  2011018247

ISBN-13: 978-0-9832278-2-3 (Hardcover)

First Bilingual English and Spanish Edition 2011
Printed in China
Published in the United States of America

Acknowledgements

East West Discovery Press would like to thank Dr. Jane Pisano,
President and Director of the Natural History Museum of Los Angeles County
and the entire crew of the Dinosaur Institute
for their help in the creation of the book.

Our special thanks to Dr. Luis M. Chiappe,
Director of the Dinosaur Institute, Natural History Museum of Los Angeles County,
for his invaluable help on the factual information
and for permission to use the photograph in the book.

Special thanks to Gayle Garner Roski
for her inspiration and creative mind of this project.
Her colorful and realistic watercolor paintings bring this amazing story to life.

Agradecimientos

East West Discovery Press quiere agradecerle a la doctora Jane Pisano,
presidente y directora del Museo de Historia Natural del Condado
de Los Ángeles, y a todos los miembros del equipo del Dinosaur Institute
(Instituto de Dinosaurios) por su ayuda en la creación de este libro.

Queremos agradecer especialmente al doctor Luis M. Chiappe,
director del Dinosaur Institute del Museo de Historia Natural del Condado
de Los Ángeles, por su invaluable ayuda en lo que respecta a datos fácticos
y su permiso para usar la fotografía en el libro.

Un agradecimiento especial a Gayle Garner Roski
por su inspiración y creatividad en este proyecto.
Sus coloridas acuarelas realistas dan vida a esta asombrosa historia.

Foreword

The Wonder of Discovery

Why are we fascinated by dinosaurs? Is it because they stomped around millions of years ago and then vanished? Is it because their shapes and sizes are so strange, but somehow, they still seem familiar to us? Perhaps it's simply because they were *real*—not mythical dragons or monsters, but real, live animals. We know a lot about the way they looked. But their behavior and the way they cared for their young, the ways they moved and grew—these are mysteries we are figuring out today!

At the Natural History Museum of Los Angeles County, our scientists are busy exploring life on Earth, from ancient dinosaurs to what's in our own backyard right now. We want our visitors of all ages to know how fun science is—the thrill of a discovery and the wonder of solving a mystery. We have programs that allow kids to use real science tools and observation methods. We have science projects in which families and scientists work together to explore nature. Of course, our new Dinosaur Hall will show off the special fossil in this story, Thomas the *T. rex*. But it will also reveal the science that surrounds Thomas—the ways in which he was found, prepared, researched, and displayed.

I hope you come join us at the Museum, where the journey of science comes alive every day!

Jane Pisano,
President and Director,
Natural History Museum of Los Angeles County

Prefacio

El Asombro del Descubrimiento

¿Por qué nos fascinan los dinosaurios? ¿Será porque recorrieron la Tierra hace millones de años con sus grandes patas y luego desaparecieron? ¿Será porque, pese a sus extrañas formas y tamaños, nos resultan muy familiares? Quizá sea simplemente porque fueron animales *reales* y no dragones o monstruos mitológicos. Sabemos mucho sobre cómo lucían, pero en cuanto a su comportamiento, la forma en que cuidaban de sus crías, cómo se desplazaban de un lado al otro y cómo se desarrollaban… ¡éstos son misterios que aún hoy intentamos desvelar!

En el Museo de Historia Natural del Condado de Los Ángeles, nuestros científicos están dedicados al estudio de la vida en la Tierra, desde los antiguos dinosaurios hasta lo que podemos encontrar hoy en el jardín de casa. Queremos que los visitantes de todas las edades sepan cuán divertida es la ciencia, que conozcan la emoción del descubrimiento y lo maravilloso de resolver un misterio. Contamos con programas en los que los niños pueden usar verdaderas herramientas y métodos de observación científicos. Tenemos proyectos de ciencia en los que las familias y los científicos trabajan juntos para explorar la naturaleza. Por supuesto, nuestra nueva Sala de Dinosaurios exhibirá el fósil protagonista de esta historia, Thomas el *T. rex*, y también mostrará toda la ciencia que se puso en acción en torno a él: la forma en que se lo descubrió, preparó, estudió y la forma en que se montó la exhibición.

¡Espero que nos vengas a visitar al museo, donde el viaje de la ciencia cobra vida todos los días!

Jane Pisano,
Presidente y Directora,
Museo de Historia Natural del Condado de Los Ángeles

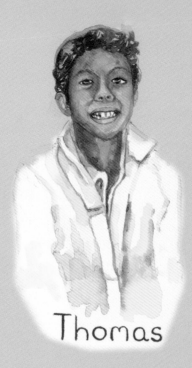

Thomas

My name is Thomas. Today, my cousin Rita and I are going to the Junior Scientist Club meeting at the Natural History Museum of Los Angeles. I love dinosaurs, and this museum is the best place to see them. Rita loves dinosaurs, too.

Mi nombre es Thomas. Hoy, mi prima Rita y yo iremos a la reunión del Junior Scientist Club (Club de Jóvenes Científicos) en el Museo de Historia Natural de los Ángeles. Me encantan los dinosaurios, y este museo es el mejor sitio para verlos. A Rita también le encantan los dinosaurios.

Rita

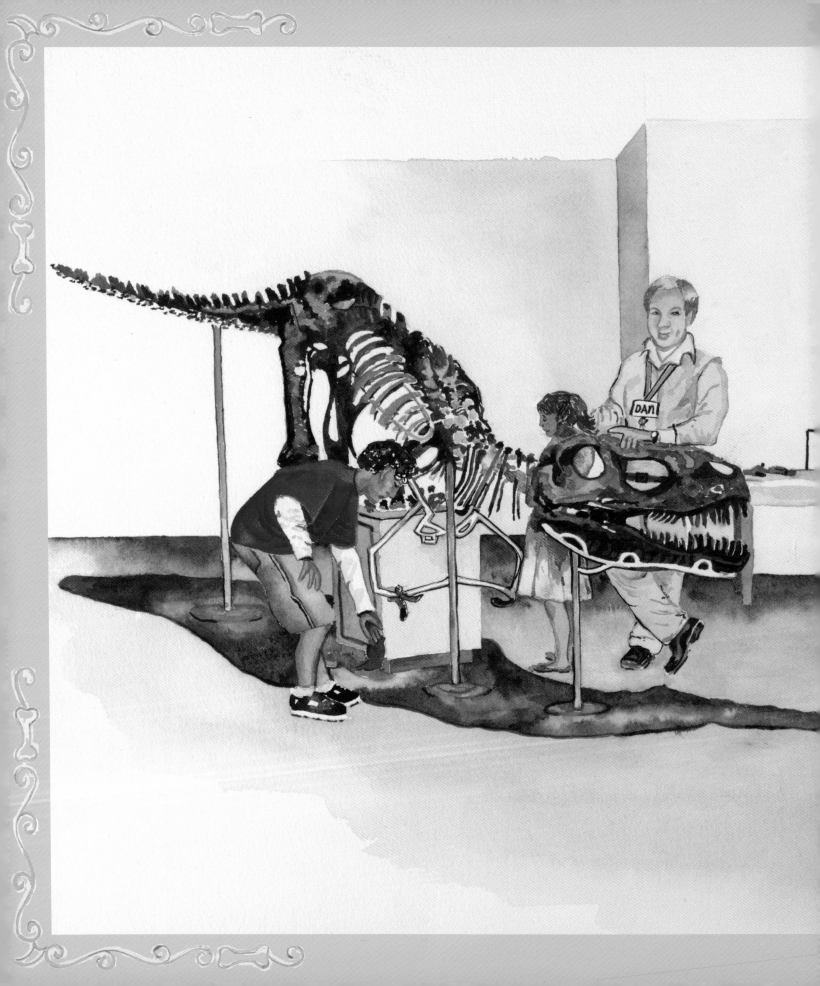

There are all kinds of cool things here, like a bug zoo with real live bugs. And there are dinosaur skeletons. Dinosaurs were real, but they lived a long time ago. Their bones and teeth are called fossils.

Este museo tiene toda clase de cosas geniales, como un zoológico de bichos con insectos vivos. También hay esqueletos de dinosaurios. Los dinosaurios vivieron de verdad, pero hace mucho tiempo. Sus huesos y sus dientes se llaman fósiles.

Our leader is a paleontologist, someone who studies fossils. We call him the professor. He says the museum needs more fossils. So it is time to plan a camping trip with the club members to find some.

Nuestro líder es un paleontólogo, alguien que estudia fósiles. Lo llamamos "el profesor". Él dice que el museo necesita más fósiles. De modo que es hora de planear un campamento con los miembros del club para buscar fósiles.

The professor talks about fossils and says, "This was just a baby. It has three horns. Maybe we can find more fossils like this."

El profesor habla sobre los fósiles y dice "Éste era apenas un bebé. Tiene tres cuernos. Quizá podamos encontrar más fósiles como éste".

Lab Station
Paleontology
with
Professor
Luis Chiappe

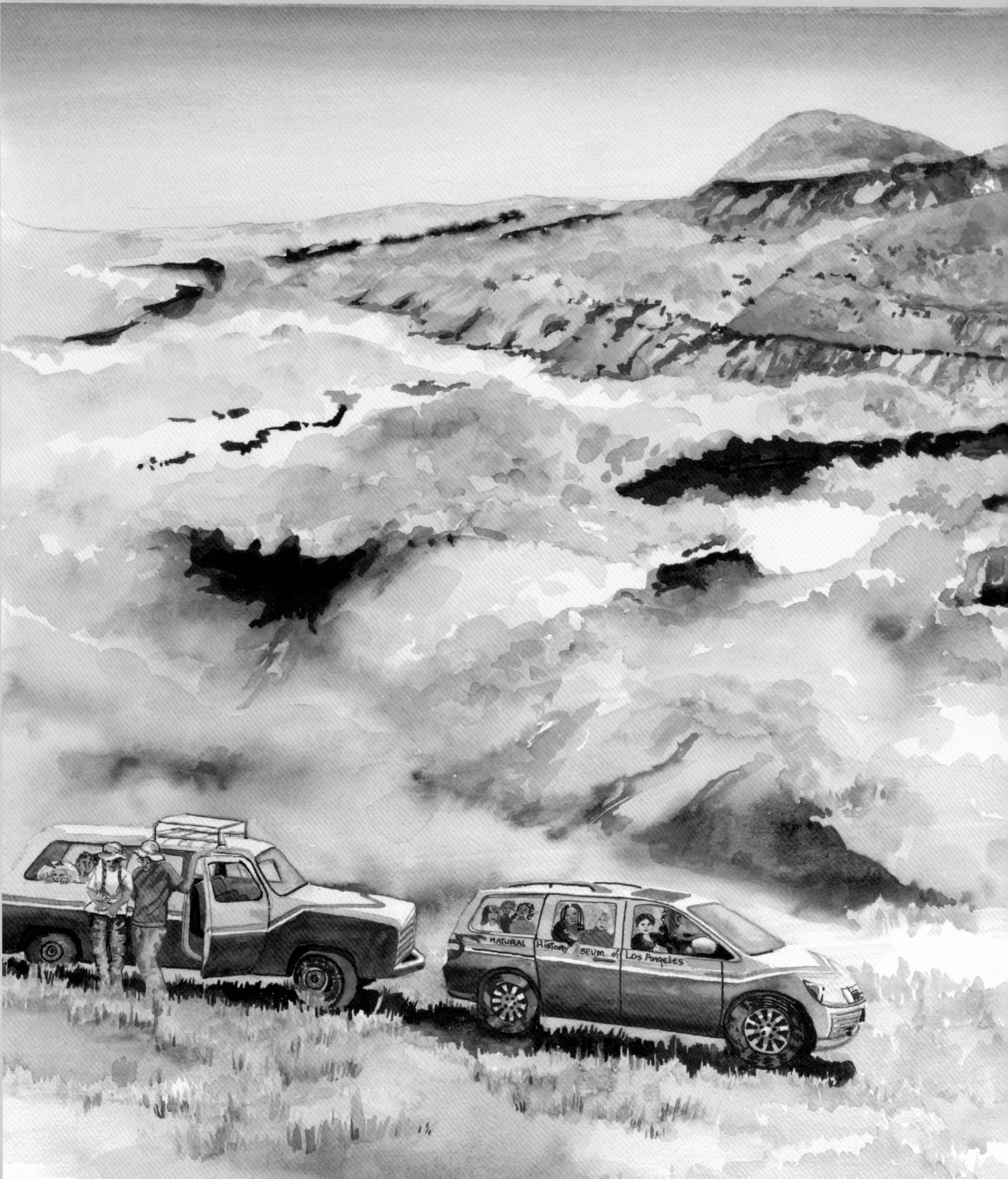
NATURAL
History
SEUM of
Los Angeles

On the day of our big trip, we drive across the country until the road gets bumpy in Montana. The professor points and says, "This is a good place to look for fossils."

"We are here!" Rita says.

El día de nuestro gran viaje, cruzamos el país en carro hasta que la carretera se llena de pozos en Montana. El profesor señala y dice: "Éste es un buen sitio para buscar fósiles".

"¡Llegamos!", dice Rita.

13

Now we walk around to see what we can find.

Ahora, caminamos un poco para ver qué encontramos.

Rita starts to scream and we all run over to her. "A bee buzzed by," Rita says.

Rita comienza a gritar y todos corremos hacia ella. "Una abeja me pasó zumbando", nos dice.

I ask her, "Is that all? Look for something better than a silly bee."

"¿Eso es todo? —le pregunto—. "Busca algo mejor que una tonta abeja".

Soon I see something, but the professor says, "It is only a rock." I am not too happy with that, so I pretend my brush and stick are fossils.

Then I see something else: a small bit of bone. It might be the tip of a big fossil. "Come over here! I found something!" I say.

Pronto veo algo, pero el profesor me dice: "Es sólo una roca". No estoy contento con esa respuesta, entonces hago de cuenta que mi pincel y mi palito son fósiles.

Pero entonces veo otra cosa: un pedacito de hueso. Quizá sea la punta de un fósil grande. "¡Vengan aquí! ¡Encontré algo!", digo.

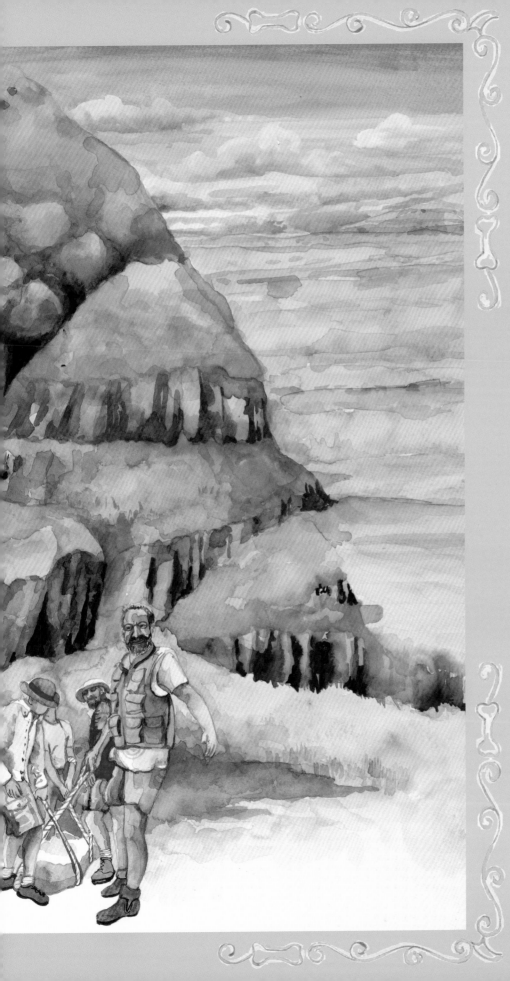

The professor comes first. When he looks at it closely, he says, "Great job, Tom! It is part of a 66-million-year-old *T. rex*!"

Some team members hit the rock around the fossil, but not too hard. We take out the pieces, then wrap them carefully.

El profesor es el primero en llegar. Cuando lo ve de cerca, dice: "¡Buen trabajo, Tom! ¡Esto es parte de un *Tyrannosaurus rex* de 66 millones de años de edad!".

Algunos miembros del equipo golpean suavemente la roca alrededor del fósil. Desenterramos las piezas y las envolvemos con cuidado.

Nearby, Rita uses a brush to sweep away the sand. She finds a beautiful turtle shell. "This little guy lived along with the dinosaurs," says the professor.

"Dinosaurs died off 65 million years ago. But a lot of animals from back then are still around today, like turtles and alligators."

Cerca de allí, Rita usa un pincel para barrer la arena. Así, descubre un hermoso caparazón de tortuga. "Este pequeñito vivió junto con los dinosaurios", dice el profesor.

"Los dinosaurios se extinguieron hace 65 millones de años. Pero muchos animales de esa época siguen existiendo en nuestros días, como las tortugas y los lagartos."

Rita is so happy she found the shell. She shows it to everyone, but then drops the shell. Rita cries a little because it broke. We know she feels bad.

The professor says, "It's okay, Rita. I know you will be more careful next time." And he shows Rita another turtle shell fossil. She is much more careful with that one.

Rita está muy contenta por haber encontrado el caparazón. Se lo muestra a todo el mundo, pero luego se le cae. Rita llora un poco porque se rompió el caparazón. Todos sabemos que se siente mal por lo que pasó.

El profesor dice: "Está bien, Rita. Sé que la próxima vez tendrás más cuidado". Luego, le muestra a Rita otro fósil de caparazón de tortuga. Rita tiene mucho más cuidado con éste.

It gets dark, with only the campfire and stars to see by. The stars in the sky are beautiful. We crawl into our sleeping bags and a coyote howls. *Ahoooo!* A little scary, but I am so tired. It's time to sleep.

Se hace de noche, y sólo nos alumbran las estrellas y la fogata. Las estrellas en el cielo son hermosas. Mientras nos metemos en las bolsas de dormir, un coyote aúlla *¡Auuu!* Da un poco de miedo, pero estoy muy cansado. Es hora de dormir.

The next day, Rita and I wake up and the team members are working on the *T. rex*. The giant head is now exposed, and it is very heavy.

"Fossils break easily, so we need to protect them," says the professor. The team carefully covers them, keeping the fossils safe for the long ride back home.

Al día siguiente, cuando Rita y yo nos despertamos, los miembros del equipo ya están trabajando en el *Tyrannosaurus rex*. Ya descubrieron su cabeza gigante. Es muy pesada.

"Los fósiles se rompen muy fácilmente, entonces necesitamos protegerlos", dice el profesor. El equipo los cubre con mucho cuidado, para que estén protegidos durante el largo viaje de regreso a casa.

Still outside, Rita holds up one piece. "I love digging for fossils! These have been hiding for so long, and we are the first people ever to see them. When we are done, kids will come to the museum to see what we have found," she says.

Then she walks around the hill. I wonder where she is going, so I go to look for her.

Todavía afuera, Rita toma un fósil. "¡Me encanta desenterrar fósiles! Estuvieron escondidos durante mucho tiempo, y somos las primeras personas del mundo que los ven. Cuando terminemos, los niños vendrán al museo a ver lo que encontramos", dice.

Luego se va detrás de la colina. Me pregunto adónde va y voy a buscarla.

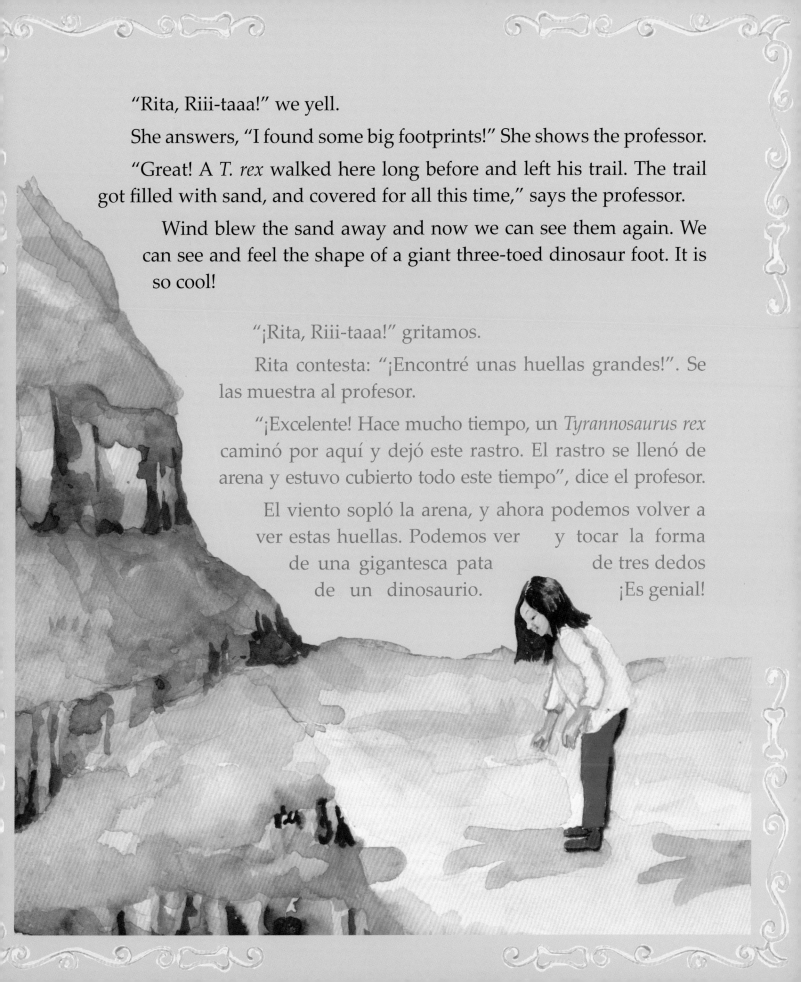

"Rita, Riii-taaa!" we yell.

She answers, "I found some big footprints!" She shows the professor.

"Great! A *T. rex* walked here long before and left his trail. The trail got filled with sand, and covered for all this time," says the professor.

Wind blew the sand away and now we can see them again. We can see and feel the shape of a giant three-toed dinosaur foot. It is so cool!

"¡Rita, Riii-taaa!" gritamos.

Rita contesta: "¡Encontré unas huellas grandes!". Se las muestra al profesor.

"¡Excelente! Hace mucho tiempo, un *Tyrannosaurus rex* caminó por aquí y dejó este rastro. El rastro se llenó de arena y estuvo cubierto todo este tiempo", dice el profesor.

El viento sopló la arena, y ahora podemos volver a ver estas huellas. Podemos ver y tocar la forma de una gigantesca pata de tres dedos de un dinosaurio. ¡Es genial!

But it is time to go now and take the bumpy ride back home. "It is good to leave some of the fossils behind," I say. "I want to study them and be a paleontologist when I grow up."

It is going to be a long drive home. So we start back across the country.

Pero es hora de marcharnos y de tomar la agitada carretera de regreso a casa. "Qué bueno que dejemos algunos fósiles —digo—. Quiero estudiarlos y convertirme en paleontólogo cuando sea mayor".

Tenemos un largo camino a casa y otra vez empezamos a cruzar el país.

When we get to the museum, we carefully remove the rock and dirt still stuck on the fossils. "Wow, it is an eight-inch-long tooth!"

"The *T. rex* tooth has a cutting edge just like a knife," the professor says. "This guy ate meat. With a tooth this size, this *T. rex* ate some big animals!"

Cuando llegamos al museo, quitamos la roca y la tierra que todavía tienen los fósiles con mucho cuidado. "¡Guau, un diente de 8 pulgadas (23 centímetros)!"

"El diente del *Tyrannosaurus rex* tiene un filo como el de un cuchillo —nos dice el profesor—. Este muchacho comía carne. Con dientes de este tamaño, ¡el *Tyrannosaurus rex* comía animales grandes!"

T-rex Teeth

It takes a long time to get all the pieces ready and put this *T. rex* back together. It is like a puzzle.

Toma mucho tiempo preparar todas las piezas y armar el *Tyrannosaurus rex*. Es como armar un rompecabezas.

The team works hard. Rita and I stop in to visit whenever we can.

El equipo trabaja mucho. Rita y yo los visitamos siempre que podemos.

33

"What should we name him?" Rita asks.

"Let's call him Thomas, since your cousin Thomas found him," the professor says, and pats me on the back.

"Yeah!" I grin.

"¿Cómo deberíamos llamarlo?", pregunta Rita.

"Llamémoslo Thomas, ya que tu primo Thomas lo descubrió", dice el profesor y me da unas palmaditas en la espalda.

"¡Sí!!", respondo con una sonrisa.

Today is the big day: the grand opening of the new Dinosaur Hall of the museum. The 10-foot-high, 7,000-pound Thomas stands in the middle. He is one of the best *T. rex* fossils ever found in the world.

The whole crew is here to celebrate, and the whole world can now see Thomas the *T. rex* at the Natural History Museum of Los Angeles County.

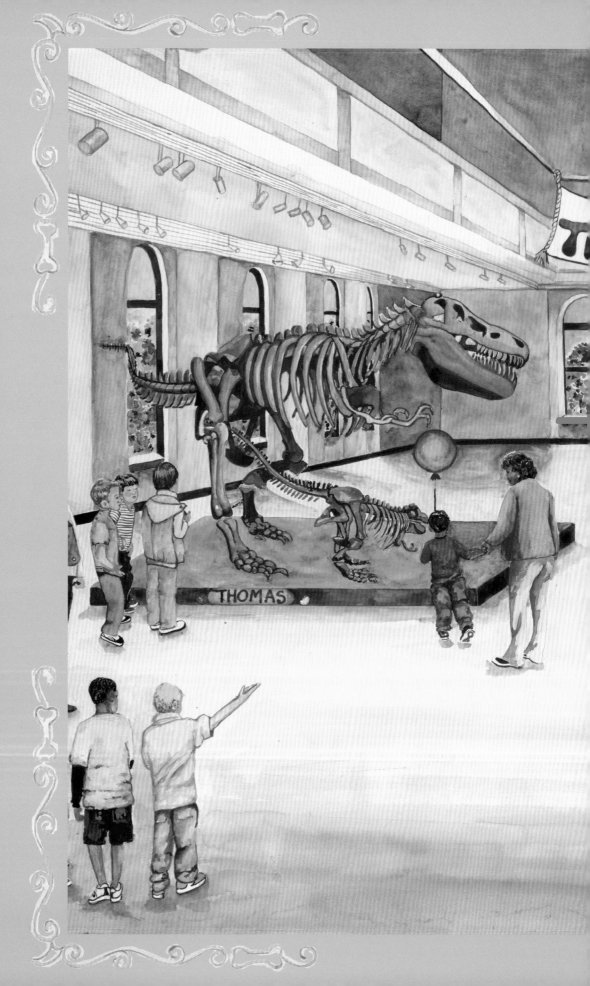

Hoy es el gran día: la inauguración de la nueva Dinosaur Hall (Sala de Dinosaurios) del museo. En el centro de la sala está Thomas, con sus 10 pies de altura y 7,000 libras de peso. Es uno de los mejores fósiles de *Tyrannosaurus rex* que se encontraron en el mundo.

Todo el equipo está aquí para celebrar, y ahora todo el mundo puede ver a Thomas el *T. rex* en el Museo de Historia Natural del Condado de los Ángeles.

One of the 10 most complete *T. rex* skeletons in the world, Thomas is a centerpiece in the new Dinosaur Hall of the Natural History Museum of Los Angeles County. The museum is the largest in the western United States, with more than 35 million artifacts and fossils covering 4.5 billion years of Earth's natural history.

Thomas, uno de los 10 esqueletos de *Tyrannosaurus rex* más completos del mundo, es una pieza central de la nueva Dinosaur Hall del Museo de Historia Natural del Condado de Los Ángeles. Este museo es el más grande de la zona oeste de los Estados Unidos: tiene 35 millones de artefactos y fósiles que cubren 4500 millones de años de la historia natural de la Tierra.

Facts about Thomas

Name **Nombre**	*Tyrannosaurus rex* (nickname "Thomas")	*Tyrannosaurus rex* (sobrenombre "Thomas")
Geologic Age **Edad Geológica**	Cretaceous; 66 million years	Cretácico; 66 millones de años
Where Found **Dónde se lo Encontró**	Montana, USA	Montana, EE. UU.
Body Size **Tamaño del Cuerpo**	Approximately 34 feet (10.4 meters) long	Aproximadamente 34 pies (10.4 metros) de largo
Weight **Peso**	Approximately 7,000 pounds (3,175 kilograms)	Aproximadamente 7,000 libras (3,175 kilos)
Tooth Size **Tamaño del Dientes**	Up to 12 inches long (30.5 centimeters)	Hasta 12 pulgados de largo (30.5 centímetros)
Gender **Género**	Unknown	Desconocido
Diet **Alimentación**	Carnivore (the name given to dinosaurs that eat meat)	Carnívoro (se llama así a los dinosaurios que comían carne)
Habitat **Hábitat**	Thomas lived along the shore of a tropical sea with other animals, including crocodiles, turtles, and other dinosaurs such as Triceratops.	Thomas vivió junto a la costa de un mar tropical con otros animales, incluyendo cocodrilos, tortugas, y otros dinosaurios como triceratops.
The Fossil **Fósil**	70% complete. One of the 10 most complete *T. rex* skeletons in the world.	70% completo. Es uno de los 10 esqueletos de *Tyrannosaurus rex* más completos del mundo.
Excavation Time **Duración de la Excavación**	Three summers (2003–2005)	Tres veranos (2003-2005)
Age **Edad**	Thomas was about 17 years old when he died.	Thomas tenía unos 17 años cuando murió.
Cool Fact **Dato Interesante**	Bone structures in skull show signs of a tumor.	La estructura de los huesos del cráneo muestra signos de un tumor.
New Home **Nuevo Hogar**	Thomas is in the new Dinosaur Hall of the historically restored 1913 Building at the Natural History Museum of Los Angeles County.	Thomas está en la nueva Sala de Dinosaurios del restaurado edificio histórico de 1913 del Museo de Historia Natural del Condado de los Ángeles.

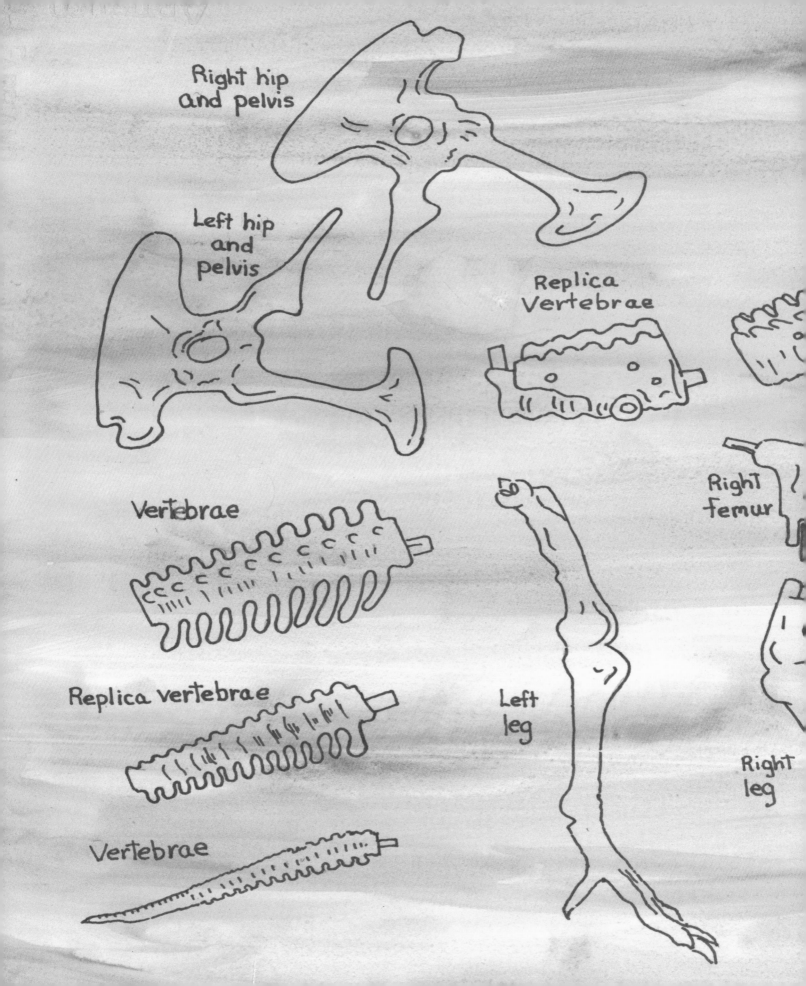